古墳の森

長谷朝子

青磁社

古墳の森＊目次

装画　岡本美喜子
装幀　花山周子

長谷朝子歌集

古墳の森

土の匂ひす

上山《かみのやま》風吹き抜ける無人駅茂吉館への土の匂ひす

障害の子の作りたる花入れにコスモスの花が一番似合ふ

大輪の牡丹の群れに傘させる極楽浄土さながらの庭

「さやうなら」

律義なる明治生まれのわが母は「さやうなら」と言ひて逝きにき

秋草の盆提灯のゆるる頃母は収まる過去帳の中

千体の地蔵に掛かる前垂れはたが結びしや彩鮮らけし

車庫入れに手間取る人は幾たびも咳払ひしつつ納めんとす

車中にて乳含ませる母と児は一つリズムに息づきてをり

職退きし吾に重ねてみるものか巨大水槽めぐる魚らを

「差し上げますか」「貰ひますか」大いなる自然のひとつ人の臓器ぞ

一枚のガラス

ひめゆり部隊わすれてならじ語り継ぐ人の鋭き眼差しにあふ

将棋盤囲む二人をまた囲み日曜の苑に男ら群れる

一枚のガラス隔てて覗き込むわれらにペンギン反り返りたり

二上山近ぢかと見ゆる寒の朝もろもろ抱へてベランダに立つ

除夜の鐘世紀のあはひを響きゆく常にあらねど何ごともなし

鉄幹の後姿

覺応寺の古き格子戸引くときに鉄幹の後姿《うしろで》まならうらに顕つ

わが街の土居川にかかる十の橋「鷺橋」「吾妻橋」艶めく名もて

秋彼岸のひかりの中に九体の仏ら千年輝きたもつ

香りはてし両腕のなき阿弥陀仏最古の白檀ほつそりおはす

パイプ銜へるピカソの絵皿横顔の異なる視線心にか似ん

江戸の世の

とうさんが両掌に胴を支へくれ犬かきをせし海もまぼろし

うたた寝の吾の背後を記憶ある亡母《はは》の足音過ぎてゆきたり

今朝生れし身の透くめだか水槽のみづ撫づるごとルーペに覗く

道成寺絵巻広げて一度だに追はれてみたきと男つぶやく

赤い羽つけつつ男子学生ら殺菌せしかとざわめきてをり

江戸の世の郭《くるわ》龍神かはりゆき建つ駅ビルにファミリー集ふ

ハイウェーの真下に旧き木の灯台いたく寂しく囲はれゐたり

コンドル一羽

ととのひし日本庭園いくたびか訪ひて何やらうらがなしけれ

春早き檻のコンドル一羽のみ巣づくりの枝葉しきりに集む

寮に飼ふペットの兎だれもゐぬ昼間はことに音さへたてず

虫留め

虫留めの固き糸目にはさみ入れ母縫ひくれし浴衣をほどく

エアコンの溜まりし水を仔雀が喉上げ飲みぬ日の翳る頃

ほの暗き春のみ堂に焔立ち練行衆の声のみ響く

さしのぞく藁帽子のなか咲き緊まる寒の牡丹のゆらぐともなし

枯草を焼きし山肌白雲がうながすやうに影落とし過ぐ

足裏

水煙に舞ひゐる天女見えねどもふり仰ぎ見る薬師寺の塔

畏まる読経の中に咳《しはぶき》の響きてほぐれゆくもののあり

聳え立つあけぼの杉は公園に樹形あらはに木の字となりぬ

遠ざかる記憶のなかの足裏にこびりつきゐし飯粒ひとつ

花あふれ音なく舞ひゐる館の蝶春をよそへど無機のけはひす

城内の庭に咲きたる豊後梅こぬれは花の鉾立つごとし
埋め立てし海を背に立つ龍女神失ひしものなべてかへらず

雷神いくつ

石垣をつたひて咲きゐる時計草みな同じ刻蕊は指しをり

二上の山の麓に透明の影をひきつつ銀ヤンマ飛ぶ

明日香村字雷《いかづち》は奈良の中央雷神いくつ寺を焼きしか

人去りし若草山の日暮れどき鹿らゆつたり座りてゐたり

吉野川の白き巨石に降り立ちて心洗はん水音を聞く

男とはとかく

花見する人らにまじりてわが重き心はなほも虚しくなりぬ

新しきみどりの映ゆる寺の床底ひかりする黒のいや増す

縁の下になげて乳歯をねずみ歯と取り替へしはずがぽろりと抜けた

男ゆゑ誇りを量りて職退くや君の四十余年を思ふ

曳き連れる犬座らせて餌をやる男とはとかく儀式を好む

畏まり退職金を受ける人みるみる額に大粒の汗

秋の日は深く息する時の間に島の向かうに沈みてゆけり

ときながく

生《あ》ればかりの園の駱駝はぬれぬれと羊水にひかる体を立たす

あの夏のベサメムーチョを聞きし浜まだ疑ひを吾は持たざりき

さりげなくひとつ言葉を飲み込めど塊のやうなもののうごめく

暮れ初むる幾重の山に目をこらし日向のくにのしじまに浸る

ひとたびも人見ぬ野生馬ざわめきに一喝するごと蹄を鳴らす

蕎麦の花咲きて岬の道しづか摘みて帰りぬ旅の終はりに

ときながく何を祈りてゐる人か涙ふきつつ首《かうべ》をたるる

腕の日焼け

立秋より十日過ぎたる陽の動き鉢植の位置少しずらせり

半世紀過ぎて還りし日章旗寄せ書きの名にをみなのあらず

御真影に頭《づ》たれし学童老いたりき足投げ出だしテレビ視るなり

朝夕に餌やる鳩が手にくると失職の人の腕の日焼け

すれすれに頭上飛びゆく大鴉吐息のごときものを残せり

漱石全集

どよめきて賛歌流るるルミナリエ風船一つ夜空をのぼる

購ひし漱石全集触れもせで表紙の色の褪せてきたりぬ

歳晩の夕暮れの墓地の華やぎは供へし花のあたらしき色

江戸の代の米屋と刻む祖先《おや》の墓風をさけつつマッチ擦りたり

わが心澄まして段を登るごと思ひをまたぐ一月一日

胡徳楽の面《おもて》の長き長き鼻芥川の『鼻』思ほゆるまで

地下出でて似たビル並ぶ街角にまどふ日暮れに氷雨降りくる

じゆぶじゆびと春を煮詰めていくような雨音聞きつつ微睡てをり

見つめあふ対の鳳凰千年を耐へつつ距離を保ちてゐんか

人間の欲望の形あらはなる千の手をもつかかる立像

闇をおもへり

朝掘りの白き筍購ひてたけのこご飯のあつあつ配る

買ひ換へる度さまがはる機器の類《たぐひ》目は眩みつつなほも縋らん

窓のなきバス、キッチンの間取り図の高層住宅の闇をおもへり

走り過ぐる特急ラピートの風圧に吸ひ込まれたき衝動のわく

勤めよりをみな帰りて犬に向き命令形の太き声だす

眠剤を飲みて夢みぬ十年の空白惜しむいまに思へば

古き工場

三叉路に木犀の香の匂ふなり風に聞きたし木のあり処

湾岸道路の轟音の上ゆるやかに曲線ゑがく鷗の一つ

暮れなづむ頂の雪光りつつ大山さながら霊気ただよふ

われの記憶消し去るごとく煉瓦造りの古き工場壊されてゆく

逆しまにオランウータンぶらさがり膚見ゆるまでその毛広ごる

てのひらになま暖かき感触を残す羊の舌にふれたり

水中の河馬は息づく度ごとに巨体支ふる脚少し浮く

回転椅子の

肌撫づる立秋の風心地よし幾層の雲崩れ初めたり

足下の砂引き去りし感覚のよみがへりくる埋め立ての地に

家々の裏側走る電車よりわが町の人の生活《たつき》が見ゆる

すつぽりと吉野の山に包まれて昏き真昼に虫の声聞く

遠望の山脈なべて濃く見ゆるひとときのあり秋深まりて

庭に向く回転椅子のあるじ亡く残る窪みにけはひ漂ふ

別れても元の姓には戻らないをみなよされど墓いかにすや

友の手

寒き朝のラジオの前の父母の声記憶にのこる十二月八日

笊竹をがらがら鳴らしよく振れと神籤を引くに添へくれし手よ

たちまちにきたる時雨を大仏は伏し目がちにて耐へておはすや

わが額にふれくる友の手のしぐさ母思ひだす旅の途中に

龍穴とふ旧き灯籠つたひくる地底に息づくやうな音して

楼門の一つ残りし釣り灯籠供出惜しむ名工の作

大き箱の蓋の上には「朱印状」と朱の文字書かれ堺の寺に

海近き町の地底に流れゐる名水いまも寺に汲み継ぐ

夕暮れの社に響く柏手に鳩飛び立たせひと帰りゆく

同じ姓

おづおづと名乗りくる人同じ姓縁あれかしと春の墓所に

大和路の疏水にひしめく幾千の春のめだかのいとほしきかな

大屋根にとどかんばかりに咲くさくら満開の今日鬼瓦ゑまふ

玉砂利を踏む音のみの響きくる内宮近くつつしみてゆく

ほうたる

両の掌に囲むほうたる逃れんと柔き感触残しゆきたり

二つ三つほたる競りつつ飛び交ひしちひさき命を闇に焦がせよ

ビート板に歯型をつける少年はもの言はずして何を抑へゐん

立つ風にめだかゆるゆる戻されてまた向かひゆく僅かなれども

ほほゑみて会釈したれどそれぞれの視線苦しく受けて過ぎたり

留守中の電話を聞けばかすかにも無言のなかに吐息のまざる

見え難き世に老いゆけばことさらに菩薩のもつとふ心眼おもふ

絶え間なく

満月に点ずるごとく赤き星近づきてゆく時間《とき》を見守る

線香花火の赤きしづくのしたたるごと輝く火星をわれは見つむる

蜂の巣の凍るごとくに見ゆる月望遠鏡に息つめ覗く

絶え間なく離着陸する騒音のなかに座りき日の沈むまで

声立てて笑ふを忘れ暗闇に力を込めて喇叭吹きたし

アベリヤの花咲く垣に蟷螂が蝶の骸の翅ひらきをり

煌々と星まとひたるおほくまが星座ぬけ来てわが夢にたつ

雪の日のイラク派遣の自衛隊員迷彩服に小さき日の丸

木星と月と並びて光る宵遠く宇宙に想ひのおよぶ

抑へても抑へきれずに口いでしわれの言の葉さびしく思ふ

仔を産みし野良猫首をのばしつつすがるごとく吾を見つむる

青田のにほひ

職退きて間なき男の会話には暇だと言へぬ堅さがのこる

長梅雨のあけたる空に風渡り秋篠の里青田のにほひ

踏石にくはへたる虫銜へなほし小さき鳥のとびたちにけり

再生に十年かかるといふ樹皮の剝されて檜は生々と立つ

太腿まつ赤に

三輪山に包まるるごとく咲きてゐる笹ゆりの花つつましきかな

畦道も潤みて見ゆる水張田の早苗さやかにこころの和む

幼な児を殺めし少年魔法もてその前日に戻りたきとぞ

残年は多くあらずも見え難く今日おろおろと鍵捜しをり

濠端を素足の少女ら駆けていく太腿まつ赤に風にさらして

子午線を跨いでみたく

子午線を跨いでみたく着きし駅ホーム経線描かれてゐたり

太幹をおほひて枝垂るる白梅の一樹あかるきほとりを歩む

みづからの水面に映る黒きこぶ俯きて白鳥かなしむらんか

首高く延べて青鷺身じろがず木陰にその身うち重ねつつ

忘却を切に願ひし吾老いてああまた度忘れの今日を送れり

雛罌粟のもたげし蕾の紅《くれなゐ》のほのかに覗く頃となりたり

空と海けじめなきまで曇る沖黒点あらはれ船戻りくる

蔵王権現堂

双の掌の間《あはひ》に光る水晶に祈りて来たるや天平の菩薩

いにしへも今も絶えなき憤怒の相蔵王権現堂に立ちゐる

み吉野にまんかいつぐる法螺音を花供会の列に鬼もつづけり

灯を点す釣灯籠の紋様が盆の回廊にあざやかに浮く

大文字の火は山に燃え盆の灯のあかるむ広場に今宵祈りつ

母逝きて十年過ぎたる裏庭に赤きチューリップ一輪ひらく

家事などに役に立たざるやはき掌と母は一言われに言ひにき

頼まねば

銀木犀の古木は雪の精なれや小さき花を零しやまざり

饒舌のなかに本音を聞きとむる淋しき吾は手を組みなほす

頼まねば尊厳保つ命終のままならぬ現在《いま》再度意志きく

朝の日に溶けはじめたる梢《うれ》の雪光とくだるつかのまの燦

白鳥の飛びたつときに落としたる笹舟のごとき羽根のたゆたふ

天満橋、桜宮橋、源八橋、声に読みつつ舟にてくぐる

雷鳴にうながされしかひと夜へて風船かづらの青き実ふくらむ

生日は昭和はじめのわれらなり古希を待たずに逝く人多し

芽ばえたる草の双葉におもふ生《せい》　限りある身は何に縋らん

春日野の山藤の幹あらあらしうねりつつ大地這ふごとく延ぶ

わが心ときほぐれゆく秋の日よ薄紅の芙蓉咲ききはまりて

貧乏神

天照金光荒神祀るとき貧乏神のこととこと音す

空風火水地の文字を刻めるみ墓に利休は眠る

そのやうにずつと怒つてゐるがいい静かなる声帰りて思ふ

畑なかに手鏡のごとく伏せてゐる古墳に秋のひかり移ろふ

いつしかに落ちなむ雫ひたすらに見てゐる部屋に耳の冴えゆく

一本の大煙突は埋立ての更地に寒し空ひろがりて

欠礼のはがきの人ら元気よし悔みの言葉紛れてしまふ

いま地球身震ひせしか人間にもうこれ以上我慢出来ぬと

横一線

十月の最南端の島に鳴く蟬の諸声ひたすらつづく

南《みんなみ》のおどろおどろしき蓮の紅噴き出づるばかり池にあふるる

横一線に白波立てて寄する波なにも連れ来ぬ海を見つめぬ

つり革にわが身支へて四十年座らぬままに勤めをへたり

こつそりと弔ひ済ませたる人といつも通りの会釈をかはす

つぎつぎに飛び立つ白鳥湖上にて群れたしかむるか弧を一つ描く

舟形のこの光背に空飛ぶや如来ひたすら面伏せたまふは

帰りくればすぐ物を置く慣はしに卓上常にあふれてしまふ

立涌《たてわき》の紋様に照る川の面にもみぢ葉添ひて流れゆきたり

合併にまた合併の銀行の赤き看板「三菱東京ＵＦＪ」

公的機関ゆるぎゆるげるその前にコンピューターは忠実なりき

三日動かず

店内に飼はれる亀が寄り来るに甲羅撫づれば爪たてて去る

共々に飼はれてゐたる猫の死に餌とらずして亀は三日動かず

横風に過ぐる木のしたの落葉の上ぽつんぽつんと団栗落つる

上り列車がガラスに映りてくだりくる融合しつつ駅に重なる

マウス操り

七草の粥の香りは野原にて遊びし春の昔おもほゆ

くれなゐに土筆ゆがかれほのめけり夕餉の椀に春を楽しむ

鬱積は捌け口求め溢るるかわが身ぐらぐら眩暈に揺れる

カップ持つ不自由なしぐさ見ぬやうに卓を隔てて向き合ひながら

デジカメに映る右肩下がりゐるるをマウス操り引き上げくるる

南北に隔たるのちに韓国に教会あまた建つは何故《なにゆゑ》

遠近のまろき山やま色淡し仏殿巡れど大樹なき国

この道は北につづくと甲高きガイドの声の翳りをおもふ

無言館の壁に掛かれる裸婦の絵の永久に交はしし眼差しを見つ

みほとけの唇

秋雨の止みしばかりの参道に水子地蔵の風車廻らず

何もかも吾の言葉を受け止めて木の洞のやうに寡黙なる人よ

仄暗き水槽に棲む山椒魚ひらくでもなき眼をおもふ

一木のみほとけの唇あたたかき息に触れゐるやうなやすらぎ

いつしかに瀬戸物市の出店消ゆプラスチックに侵されたるか

白鬚明神

満開の紅梅の花に虻のきてその翅音が耳をくすぐる

彼岸会に子供ら見かけなくなりて家族減りゆく堂の寒さよ

宮毘羅像の頭上の亥はわれの干支憤怒の面をさびしみて見つ

老いてなほ電車来たれば走り出すわれの反応いまだ止まずも

時をりに見ひらく眼を思ひつつ背を向け並ぶ梟見あぐ

湖に一の鳥居の建つ社白鬚明神鎮もるところ

純白の睡蓮かがやくこの池のひかりのなかに蜻蛉とびかふ

一両二朱

頬被りさせたるは誰みちのくのま冬の径に地蔵たたずむ

大川をまたぎてかかる冬の虹つかの間にしておぼろなるかな

「よき年でありますやうに」笑み添ふる破魔矢をうくる一月一日

船乗りは一両二朱に身を張らん証文のこる北前の館

一列に土筆の並ぶ山の道鳴く鶯にこころやすらぐ

元興寺の大屋根おほふひとところ古き瓦は千年のいろ

竹にほひ

しらしらとさくらの花の散りゆけり川面に布のひろごるやうに

たえまなく爆ずる焚き火の竹にほひ杳き記憶のよみがへりくる

青空に勢ひて泳ぐ鯉のぼり女系三代の大屋根の上

ずるりずり老いの崖つ淵のごとき濠の繁茂にわれは足をとらるる

底ごもる池にうごめくものは何折をり水輪の生まれては消ゆ

指先に紙なぞりゆく盲学生その母親と車中に寄り添ふ

すずやかな白き御幣の祓ひ受け顔あたらしく人帰り行く

雨の日に階段下にたむろする少年あまたに邪魔だと言へぬ

惚けゆく妻との覚悟かたる人ひとすぢの涙テレビに映る

黐《もち》の実を鳥啄めりそれぞれの重さにしなふ枝ふるはせて

臨海の一すぢの煙たちのぼり冬の白雲につながりてゆく

雛罌粟がいまも咲きゐて
飛行機のエンジン音も気にならず巴里に着きたりまづ空気吸ふ

残照にシルエット浮かぶ修道院小さき灯りひとつ点りぬ

時差ながき眠れぬ夜更け空腹に梅干しおかゆ異国にて食む

麦青き畑のほとりに雛罌粟がいまも咲きゐて晶子を想ふ

足ばやに過ぎゆく女性の装ひが古き建物と融け合ふパリか

呼びかける声とどきしや意識なき友の背はつかに濡るる

ボス猿の動けば群はちりちりに様子うかがひ距離をたもてり

腫物ひとつ

雨のやむ重き空気に臘梅の香りこもらふ苑をゆきたり

ＣＴに腫物ひとつ胃にはらむ影の育ちの記憶を払ふ

せみ銜へここの一樹を飛び立てり鴉といへど盆のさなかに

白昼に動かぬかまきり斧たたむ枯れゆくごとし黄昏いろに

目線さげ石に座れば命終に近づく思ひふとも湧きたり

駅員の「暫くお待ちを」三たび聞く腰浮かしつつ暫くをまつ

うみねこ

水面をつつと歩みてうみねこは風なき海に浮かぶ姿勢す

うみねこの鋭《と》声とほる岩白き浄土ヶ浜に雨の晴れゆく

暗闇の風呂にて仰ぐ満天のおほき星ひとつ吾に光れり

凧の糸切れしごとくに遠く来て湯にひたれども心ほぐれず

円形に銀杏黄葉をしきつめて明るさのなか一樹立ちたり

夕虹の青をひきつれ翡翠のとぶ一瞬をまなこに宿す

護られて餌にありつくこふのとり鳶のよこどり騒ぐでもなし

ゴッホ

耳のあるゴッホの黒目ひかりをり振り返るとき涙のやうに

黒ずみしゴッホの「農婦」萌葱いろ暗涙あつく塗り込まれけん

生日を無事迎ふるかと声とどく二月十四日《バレンタインデー》なにもなけれど

わが背にふれて散りたる木蓮の花ひとひらの重みの残る

肉親の要の母の回忌終へもう次のない歳月思ふ

吾の身の納まるほどの影もとめ処暑の炎天急ぎ歩めり

焼き討ちされし赤き煉瓦この街の利休と町衆の反骨にじむ

旗日なれど旗を掲げゐる家あらず消防署正面玄関を閉ざす

小春日の空に薄紅の花映ゆる図書館前の皇帝ダリヤ

小説の

君が代の斉唱に唇うごくのみサッカー選手声を放てよ

星の音きこえくるとぞ耳しひの人は澄みたる声にて言へり

銀座より日本橋まで歩む夜海苔屋二軒の屋号みつけぬ

小説の小伝馬、馬喰、八丁堀、ガイドの声をビル街に聞く

天保の看板かける亀屋前いも煎餅に人の列あり

繕ひて物言ふ人の言の葉に耳尖らすかこのねぢ花は

にほひくる風を頼りに立冬の大輪のばら「高尾」に出合ふ

演台に五七の桐の紋見えて職辞す総理あはれ涙目

野　鵐

夕空に宇宙ステーション金星とすれ違ひゆくわが街の上

太陽に新月をさまり金環を交互に見たり犬の遠吠え

里山の野鵐《のぢこ》の鋭き鳴き声にわが身ぴりつと緊まりゆくなり

秋の日に一葉一葉を落としゆきしづもる樹幹淡く匂へり

西日透く銀杏の並木金いろに御堂筋通りかがやき放つ

見えざれど感ずる今宵の三日月の闇を縁取る幽けきひかり

高々とひかる鉾さき先頭に東山を背にしたがへて来る

神棲みしころ

注連縄を神棚、竈、厠にも飾りき家屋に神棲みしころ

街川のひかり泡立つひとところせめぎあふ見ゆ潮引きゆくか

飛び立ちて金にかがやく鴨のむれ海原ひくき冬つれいかん

わが母の火燵に火鉢日熨斗《ヒノシ》鏝《コテ》物置の奥赤い火こひし

有無もなくＤＤＴ吹かれたる背中袖口の冷たさ忘れず

どう見ても歩行者信号の人型は女でないと立ち止まり見る

抽斗に蝦蟇かくす友をりき男女共学最初の戸惑ひ

独りだけ組替へされし男子生徒目から汗でると泣き笑ひす

期せずして太陽の塔の裏側の彩なき顔にわれは出会ひぬ

縦坑跡地

炭坑婦嘆きこらふと思ふまで縦坑跡地に地虫なきをり

男女とも半裸の歴史炭坑の惨めさいまに原発の惨

冥界に通ひし古き井戸雪の日の今日いよいよ昏し

ゆりかもめ舟の形にときに見ゆしづけき波に胸張りてゆく

囲ひゐし選挙名簿をのぞき見る投票率を予想しながら

若き知事迎へる幹部役員のひややかな眼カメラは捉ふ

ロシアの学生

日と曜日まちがふる日々のうち続きのつぴきならぬ吾の日常

町並みはかはりゆけども電線の影のかたちにとほき日おもふ

横風に帯解き放つやうに散るさくらの万花ああと言ふ間に

午後十時電灯点りはじめたりウラジオストックネオンなき街

黒板に「心」のひと文字極東のロシアの学生われらを迎ふ

奇声あぐる青年見守る四、五人の声なき声の温もり感ず

住職の老いたる所作に跡を継ぐ僧ひとときも眼はなさず

大仏の右手中指ことさらに力こもらふ何を制すや

念仏を唱へし口よりみほとけがつづきいでたり空也の立像

星を盛る

その翼扇のやうにひろげをり中州の川鵜ぬくき師走に

金の匙に二つの星を盛るごとき今宵ばかりの細月うかぶ

ひゆうつと吸ひとろとろ動くプリンター共に古びしものを見守る

不揃ひの寄せてはかへす波の音こころゆだねてゆらゆらゆらゆらら

麓までいくたびゆけど登らざり二上山を朝夕仰ぐ

晶子の碑

けふここに晶子ゐるかと思ふまで揚羽まつはる除幕の歌碑に

裏側にわが名も刻める晶子の碑広場に雛罌粟咲く除幕式

合格の感謝の朱き札並ぶ天満天神満開の梅

捨てがたき手巻きの時計修理する地震の連鎖か日々螺子をまく

圧しころすごとき蛙のこゑ聞こゆさながら闇を窺ふやうに

鷗外の館に子規と漱石の筆跡のはがき一銭五厘

吾の言葉に今宵温もり眠るとふ施設の友の電話のをはる

確かな抜き足

雛流す舟を見送るをみならの託すおもひを波はさらふか

降りやまぬひと日の雨の桜花湖面に映ゆるすべなきものを

一面の雲に日蝕見えざれど高速道路点り初めたり

かくばかり瞬時に餌を捕る鷺の水面みださぬ確かな抜き足

銜へたる蛙ひとたびも放さずに呑み込む青鷺見つつせつなし

わが胸に眠りゐしもの浄瑠璃の新口村に呼びさまさるる

合歓の花風にあふられゆるるとき鳥の羽毛のごときが漂ふ

家々に日の丸掲げる奈良の町即位きのふのごとき錯覚

解雇とは

元旦のさゆる夜空の満月のひかりにこの身つつまれんとす

校庭のそこここに残る水たまり若きらの脚力の跡にかあらん

封筒に晶子と刷りしその横に寛の筆のはねの勢ひ

六千人のマラソンのスタート疾風のごとき足音に鼓動高鳴る

青天を裂く航跡の白き雲傷つきしごとなかばより垂る

水槽に飛沫をあげて跳びあがる海豚は海までの距離をはかるや

解雇とは男は言へず「辞めました」おとこは憮然と顎なぜながら

膝裏に

平日のヨットハーバーただただに夏日反して白のまばゆし

しろきヨットひしめき並ぶこの入江ひかり届かぬ海底おもふ

傍らの上原投手三十キロのダンベルをふる吾は二キロを

自らの力あつめて脚を上ぐ膝裏に走る電光のごときが

襖絵

さざんくわの赤き花びらこぼしゆく花喰ひ鳥の春のあそびは

らんぷとも思ふ形の白木蓮《はくれん》の蕾はつかに開き初めたり

熱湯に色放ちゆく番紅花この身染むるがごときくれなゐ

終電の夜道を恐れざりし吾老いて昼でも怖き今の世

わが手相左はをみな右をのこ周りの人ら妙に頷く

八面の襖絵にいわし群れ巡る白き眼差しにつつまれてをり

水平に交差の刹那つなぐ手に命預ける空中ブランコ

堺商人町

教本に堺商人町の名を載せる寺子屋明治初めの

綾、錦、桜、柳の町名の矩形に残る旧き堺は

雨のあと榎の梢声上げて若葉のせまる四階の窓

儘ならぬ鋏一つのザリガニを術はなけれど岸辺に置きぬ

髪型の違ひに気づく青年の眼差し受けつつ聞くは久しき

嬉し涙流ししは何時わが喜寿に賜る花束の香りにむせぶ

故障なく喜寿を迎へし偶然に痛み知らねば思ひ至らず

石垣に律義さはめ込む石臼の石のひとつに昔をしのぶ

積み上げし練炭見上げ夏庭に冬支度なす亡母の微笑

夭折の父

笑顔にて教室の窓覗きゐる戦闘帽の父そののち逝く

朝な朝な柏手を打ち祈りゐし夭折の父何頼みしや

篁に点る灯りの奇《あや》しさや語るがごとく光いざなふ

雨のなか脱皮せぬまま歩む蟬まひるの路上を横切りてゆく

背《せな》いちめん銀の翼を描きゐるをみなはいかなる羽ばたきなすや

木漏れ日のゆらめく水面に浮かびくるクロームイエロー鯉の荘厳

古墳の森

放射能風のすがたも目に見えぬ見えぬ怖さの流れ果てなし

雨の朝こもる熱気を吐くごとく白き霧たつ山やまの峰

はだか木に掛けし巣のなか大鴉しづかに眠るや闇に溶けつつ

咲き盛るさくら並木のその先の古墳の森に花の木のなし

土佐烈士碑の建つ寺庭に青き破れ傘の花の咲きをり

真夜なかの高速道路点列のあかり弧を描きいづくに続くや

抜刀式ひかる本身をとほ巻きにいざ振り下ろさん刹那に見入る

目鼻のやうな

狛犬の首の注連縄あたらしく人待つばかり師走尽日

鳴き交はす鴉の姿見えずして冬空に声響きゆきたり

石舞台ここより見ればさながらに人の目鼻のやうな凹凸

路地裏の道のまなかに井戸残る昭和はじめのジオラマを見つ

子供の科学相談

太陽の黒点今年多ければ続く猛暑に地下街あゆむ

ラジオよりの子供の科学相談に家事こなしつつ吾も教はる

城址の石の階段踏みしめて遠き茅蜩聞きつつ下る

立てるままおでんの汁をすすり終へ昼の勤めに急ぐ女《をみな》か

保護さるる犬の里親さがす会広場にうるます犬と目合はす

六本の巨大煙突位置変へてすがすがと見ゆただ一本に

暗闇の障害灯の赤色に瞬き浮かぶ煙突の影

大甕に笹差し入れて飾りたり願ひあらねど短冊つるす

ぴたりの語源

園内の手洗ひに来て一人聞く臓腑にひびく獅子の咆哮

赤茶いろの山肌ゐぐりそそり立つ山の鼓動の鎮もりてをり

江の島の食みし白魚のみど撥ねとほる感触未だ忘れず

杵を撞くぴつたりと音の決まるときぴたりの語源不意に思へり

事故死せし青年の部屋時とまり机上の埃に静けさながる

仕込まれし鸚鵡のやうに丁寧な介護士の色無き言葉聞きたり

ぎこちなき

税務署に常に掲ぐる日章旗日々往還に見過ごしゐたり

ごつごつの幹に直接木蓮の莟ふくらむ立つがごとくに

ぎこちなきアナウンス流るる昼の車輌新入り車掌の緊張を聞く

三百の石段上がるその途次にプロポーズせんとぞ青年の決意

刻々と日蝕すすみわれの立つ地表の動きに位置移動する

鶚鶬

妻恋ふる若き兵士の遺書よみて心新しくスカイツリー仰ぐ

録音の鶚鶬《みそさざい》の声流れをり冬日差しくる無人の駅に

入れ墨や入れ歯は無きやと尋ねられ断層写真撮らるるわれは

本尊の日蓮被る綿帽子疵痕うずくか秋ふかみゆく

キリシタン灯籠のある寺の庭マリアに似たる鬼子母神建つ

滑り台の赤と紺色微かに見ゆ小公園につもる大雪

空包むごときに雪雲のしかかり真横に煙流れゆきたり

すこやかに白寿迎へし人の歌つね穏やかに新しきかな

思ひをおもふ

眼下にながるともなく流れゆく千曲の川をひたすらに見つ

如才なき言葉にひそむものありやただただ吾は頷き向き合ふ

垣に咲く昼顔の花この花の紅のたらざる色のくちをし

男文字ばかりの並ぶ過去帳にこの私の生日探す

吾の目に三日月三重に見ゆる空今宵の金星ひときは瞬く

捏造を時間《とき》はあばけり報道に崩れ落ちたりキャパの真実

「密約あつた」スクープを国抹消す記者の深念いまあかるみに

空白の目立つ日記の白からの束縛のがれ今年と向きあふ

いまさらに「ふげん」「もんじゆ」と名付けたる原子炉に託しし思ひをおもふ

あとがき

今年二月に傘寿を迎えるに合わせての歌集です。平成九年から二十六年までの作品をほぼ編年順におさめました。

六十歳を過ぎて、堺市の与謝野晶子倶楽部主催「短歌実作入門教室」に参加しました。講師の奈賀美和子先生の提出された晶子の歌「おどけたる一寸法師舞ひいでよ秋の夕べのてのひらの上」沢山の歌集からこの一首を選ばれたのに深い感銘を受けました。先生の真摯な歌に対する情熱を感じ、久しぶりに緊張を持たせてくれる会でした。

それまでの私は四十年間を会社に勤務し、経理で数字に埋もれていました。そこでは一月の鏡開きにぜんざいを社員に振る舞い、二月の初午の日に稲荷ずし、五月の節句は柏餅、八月土用の丑の日に鰻どんぶり、十二月の冬至には「ん」の付く食べ物と、四季折々の食文化を大切にしていましたが、食の洋風化と電気冷蔵庫の普及に、時代と共に変わっていきました。文学からは無縁でしたが、読書は好きでした。退職後一年で母を見送りまして、平成九年に晶子倶楽部が設立され、入会をし奈賀先生にご指導を頂き本当の短歌を学びました。終了後「こくりこの会」が立ち上がり、三年のち尾崎左永子先生の「星座の会」に入れて頂き十七年間をつづけてまいりました。素晴らしい指導者である奈賀先生との出会いに、短歌の最初のさいしょから細やかに教わり恵まれていました。当初のノートに「心を詠う」と朱書きしていました。常に短歌に卒業は無いとのお言葉につづけております。昨年の四月にパソ・コンを譲り受け、ふと歌を纏める気持ちが湧きました。

何の心構えもなく、自薦、編集と戸惑いはありましたが、ごつごつの私の歌にふさわしいかと思っています。歌集のタイトルは「咲き盛るさくら並木のその先の古墳の森に花の木のなし」より選びました。私の住む堺の御陵通りの桜並木は満開には、さくらのトンネルになり通り抜けると仁徳御陵が見え、古墳の緑が清々しい気持にさせてくれまして、私の好きな場所です。

短歌は私に路傍の草花にも目を留めさせ、花鳥風月に目覚め好奇心を持つ事で、豊かな時間を過ごせました。これらが長く続けた一つだと思っています。歌を纏めるに当たり、女らしい歌が少ないと気づかされ、今までの生き方にまで思いが及びました。自立を望んだわけでなく、気が付けばひとり身を通していました。それが出来たわたくし自身に不思議を感じています。この度の空の巣のような歌で恥ずかしいのですが、一首でも何かを感じて頂けたら幸せです。

人生の第四コーナーを好奇心を無くさず、恙無く過ごしたいと願っています。尚、この歌集を上梓するにあたりまして奈賀美和子先生のご指導無くしては適いませんでした改めて感謝申し上げます。

また「星座」の紙上で常にお導き下さる主筆の尾崎左永子先生を初め、諸先生方、歌友の皆様方にお礼申しあげます。

最後になりましたが青磁社の永田淳様大変お世話になりまして有り難うございました。カバーの絵は姉、岡本美喜子が日本一の大楠を描きました。

二〇一五年二月

長谷　朝子